30cm

손 안에 책을 들었을 때 책과 나의 거리 고작 30cm
여러분은 이 거리를 얼마나 지키고 있나요?
책장과의 거리가 한 달이 되고, 일 년이 되어
혹시 '저거 언제 읽지?' 하는 한숨의 거리가 되어 있진 않나요?
30cm의 컨텐츠팀은 여러분이 스스럼 없이 책을 손에 들 수 있도록,
책이 눈앞에서 멀어지지 않도록,
흥미로운 컨텐츠 개발을 위해 오늘도 노력하고 있습니다.

유용한 영어회화 119 대화

■

2018년 11월 25일 발행 • **지은이** 30cm 영어연구소

펴낸이 박성미 • **펴낸곳** 30cm. 서울시 서대문구 가재울미래로2

이메일 30cmxenglish@naver.com • **출판사등록** 제2018-000062호(2018.08.13)

■

ISBN 979-11-89635-01-5 (14740) • 979-11-964653-5-3 (set)

유용한

영어회화

119 대화

밥 먹듯이 매일 하는 대화 119개

매일 하는 말들이 있습니다. 이런 말들은 너무 쉬운 듯해서 무시해버리기 쉽지만 유용성이 높은 표현들입니다. 이런 표현들을 사용한 대화를 119개 실었습니다. 우리말로 하면 별것 아닌데 영어로는 뭐 대단한 표현이라고 우물쭈물 대는 걸까요? 이렇게 너무 쉬워서 당장 외워서 대화에 쓸 수 있는 표현들을 대화로 만들었습니다.

이왕이면 원어민 스탈의 표현

나중에 보자는 말을 할 때 See you later.말고 Catch you later.라고도 말할 수 있다는 것. 같은 표현도 내가 하면 좀 더 원어민스럽게 표현한다는 자신감을 드립니다. 일상에서 쓸 만한 상황을 선별해서 쉽지만 유용한 표현들로 대화를 구성했습니다. 이렇게 일상 대화에서 써먹을 수 있는 표현들이 119개의 대화, 238개 문장으로 구성했습니다.

A, B 역할 연습으로 롤플레이

대화는 자연스러운 상황입니다. 혼자 말하기 연습하는 것과는 차이가 있습니다. 대화 상황을 가정하고 자연스럽게 연습할 수 있도록 A/B 역할 연습을 제안합니다. 자신의 역할에 따라 한글 해석대로 말하기 연습해보세요.

딱 한 마디로 내 영어를 돋보이게

Definitely. 당근이죠. 이런 표현은 발음만 잘하면 원어민스럽기 그지없습니다. 적재적소에 쓰는 한마디 표현들은 딱 한 마디 내뱉었을 뿐인데도 영어를 좀 하는구나 하는 인상을 줍니다. 그러니 절대 놓치면 안 되겠죠? 그뿐 아니라 적절한 상황에 써주면 실제 내 영어 실력보다 3배는 레벨업 되어 보이는 표현들이 가득합니다. Can't be better than this. 이 보다 더 좋을 순 없겠죠?

CONTENTS ●
●
,

001
>>
004

001

A: You haven't started dating her yet?

B: Yes, I haven't even asked her to go out.

A: 아직 그 사람이랑 데이트 안 한 거야?

B: 응, 아직 데이트 신청도 안 했어.

002

A: I haven't eaten anything since 10 a.m.

B: Me neither. Some snack this morning is all I've eaten today.

A: 전 아침 10시 이후로 아무것도 못 먹었어요.

B: 저도요. 오늘 아침에 간식 먹은 게 다예요.

- since ~이후로
- Me neither.
  나도 그래.(상대의 부정적인 말에 대해)

003

A: **We've got a lot to do.**

B: **This overtime is making me crazy.**

A: 우린 아직 할 일이 많아요.

B: 이 초과근무 때문에 짜증나요.

● make+사람+형용사
사람을 ~하게 만들다

004

A: **We're going to eat dinner together tonight.**

B: **Since I don't drink, I'll be the designated driver.**

A: 오늘 다 같이 저녁 회식을 할 거예요.

B: 전 술을 마시지 않으니까, 제가 운전해 드릴게요.

● designated driver
지명 운전자(함께 파티
나 바 등에 가면서 나중
에 운전을 하기 위해 술
을 마시지 않기로 한 사
람)

A:

역할이 되어 우리말을 영어로 바꿔 말해보세요.

001

A: 아직 그 사람이랑 데이트 안 한 거야?

B: Yes, I haven't even asked her to go out.

002

A: 전 아침 10시 이후로 아무것도 못 먹었어요.

B: Me neither. Some snack this morning is all I've eaten today.

003

A: 우린 아직 할 일이 많아요.

B: This overtime is making me crazy.

004

A: 오늘 다 같이 저녁 회식을 할 거예요.

B: Since I don't drink, I'll be the designated driver.

B:

역할이 되어 우리말을 영어로 바꿔 말해보세요.

001

A: You haven't started dating her yet?

B: 응, 아직 데이트 신청도 안 했어.

002

A: I haven't eaten anything since 10 a.m.

B: 저도요. 오늘 아침에 간식 먹은 게 다예요.

003

A: We've got a lot to do.

B: 이 초과근무 때문에 짜증나요.

004

A: We're going to eat dinner together tonight.

B: 전 술을 마시지 않으니까, 제가 운전해 드릴게요.

매일 쓰는 유용한 대화 암기 연습

005

»

008

005

A: Did you quit drinking?

B: Yes, I quit by myself for my health.

A: 술을 끊은 거예요?

B: 네, 건강을 생각해서 스스로 끊었어요.

quit 그만두다

006

A: I could eat ramyon every meal of the day.

B: That doesn't sound very healthy.

A: 나는 끼니마다 다 라면을 먹을 수도 있어.

B: 그건 건강에 좋을 것 같지 않아.

007

A: Do you know what I came across on my way here?

B: Tell me. What was it?

A: 내가 여기 오는 길에 우연히 뭘 봤는지 알아?

B: 말해봐. 뭐였는데?

• come across
우연히 만나다

008

A: I decided to spend all day at the public library.

B: Sounds really motivating.

A: 나는 공공 도서관에서 하루 종일 시간을 보내기로 했어.

B: 정말 의욕적이다.

• motivating
동기부여

A:

역할이 되어 우리말을 영어로 바꿔 말해보세요.

005

A: 술을 끊은 거예요?

B: Yes, I quit by myself for my health.

006

A: 나는 끼니마다 다 라면을 먹을 수도 있어.

B: That doesn't sound very healthy.

007

A: 내가 여기 오는 길에 우연히 뭘 봤는지 알아?

B: Tell me. What was it?

008

A: 나는 공공 도서관에서 하루 종일 시간을 보내기로 했어.

B: Sounds really motivating.

B:

역할이 되어 우리말을 영어로 바꿔 말해보세요.

005

A: Did you quit drinking?

B: 네, 건강을 생각해서 스스로 끊었어요.

006

A: I could eat ramyon every meal of the day.

B: 그건 건강에 좋을 것 같지 않아.

007

A: Do you know what I came across on my way here?

B: 말해봐. 뭐였는데?

008

A: I decided to spend all day at the public library.

B: 정말 의욕적이다.

009
>>
012

009

A: **When was the last time you dated a girl?**

B: **About two years ago.**

A: 넌 여자랑 마지막으로 데이트한 게 언제였어?

B: 2년 쯤 됐어.

● the last time+주어
+ 동사
~가 ~한 마지막 때

010

A: **How do you like working at the company?**

B: **I just love it**

A: 회사에서 일해 보니 어때요?

B: 아주 좋아요.

● How do you like
-ing?
~하는 거 어때?

011

A: **Where are we going to meet?**

B: **You can meet us in front of the statue.**

A: 우리 어디서 만날까요?

B: 조각상 앞에서 만나시면 돼요.

in front of ~앞에

012

A: **Where is the famous Lello bookstore?**

B: **It's right on the next street.**

A: 그 유명한 렐로 서점은 어디 있어요?

B: 바로 다음 길목에 있어요.

A:

역할이 되어 우리말을 영어로 바꿔 말해보세요.

009

A: 넌 여자랑 마지막으로 데이트한 게 언제였어?

B: About two years ago.

010

A: 회사에서 일해 보니 어때요?

B: I just love it

011

A: 우리 어디서 만날까요?

B: You can meet us in front of the statue.

012

A: 그 유명한 렐로 서점은 어디 있어요?

B: It's right on the next street.

B:
역할이 되어 우리말을 영어로 바꿔 말해보세요.

009

A: When was the last time you dated a girl?

B: 2년 전쯤 됐어.

010

A: How do you like working at the company?

B: 아주 좋아요.

011

A: Where are we going to meet?

B: 조각상 앞에서 만나시면 돼요.

012

A: Where is the famous Lello bookstore?

B: 바로 다음 길목에 있어요.

013
>>
016

013

A: This chocolate has a high percentage of cacao.

B: Sounds perfect. I need something to wake me up.

A: 이 초콜릿에는 카카오가 아주 많이 들어있네.

B: 잘됐어. 잠을 깰 만한 게 필요했거든.

● a high
percentage of
높은 ~ 함량

014

A: They say "Good shoes take you to good places."

B: Right. I can go anywhere in these shoes.

A: 좋은 신발이 좋은 길로 인도해준대.

B: 맞아, 난 이 신발을 신고 아무 곳이나 갈 수 있어.

● take 사람 to 장소
~를 ~로 데리고 가다

015

A: Oh, I'm sorry to interrupt you.

B: No, it's okay. Come on in and have a seat.

A: 아, 방해해서 죄송해요.

B: 아니에요, 괜찮아요. 들어와서 앉으세요.

● interrupt 방해하다

016

A: Oh, your phone is ringing again.

B: I can get it later. Let's talk.

A: 아, 전화가 또 왔네요.

B: 나중에 받으면 돼요. 우리 할 얘기해요.

A:

역할이 되어 우리말을 영어로 바꿔 말해보세요.

013

A: 이 초콜릿에는 카카오가 아주 많이 들어있네.

B: Sounds perfect. I need something to wake me up.

014

A: 좋은 신발이 좋은 길로 인도해준대.

B: Right. I can go anywhere in these shoes.

015

A: 아, 방해해서 죄송해요.

B: No, it's okay. Come on in and have a seat.

016

A: 아, 전화가 또 왔네요.

B: I can get it later. Let's talk.

B:

역할이 되어 우리말을 영어로 바꿔 말해보세요.

013

A: This chocolate has a high percentage of cacao.

B: 잘됐어. 잠을 깰 만한 게 필요했거든.

014

A: They say "Good shoes take you to good places."

B: 맞아, 난 이 신발을 신고 아무 곳이나 갈 수 있어.

015

A: Oh, I'm sorry to interrupt you.

B: 아니에요, 괜찮아요. 들어와서 앉으세요.

016

A: Oh, your phone is ringing again.

B: 나중에 받으면 돼요. 우리 할 얘기해요.

매일 쓰는 유용한 대화 암기 연습

017
>>
020

017

A: I need to wash my hands.

B: Oh, use this hand sanitizer.

sanitizer
세정제

A: 나 손 씻어야 해.

B: 아, 이 손 세정제 좀 써봐.

018

A: Be sure to check out the outdoor performance starting at 9.

B: Sounds romantic!

A: 9시에 시작하는 야외 공연에 이따 한번 가보세요.

B: 낭만적일 거 같네요!

outdoor
performance
야외 공연

019

A: I can't wait until winter.

B: Oh, you love skiing.

A: 난 겨울이 너무 기다려져.

B: 아, 너 스키 타는 거 좋아하지.

020

A: Why didn't you buy a bicycle?

B: Because I can't afford them.

A: 왜 자전거 안 샀어?

B: 내가 비용을 감당할 수가 없어서.

● can't afford
~를 감당할 여유가 없다

매일 쓰는 유용한 대화 ──

A:

역할이 되어 우리말을 영어로 바꿔 말해보세요.

017

A: 나 손 씻어야 해.

B: Oh, use this hand sanitizer.

018

A: 9시에 시작하는 야외 공연에 이따 한번 가보세요.

B: Sounds romantic!

019

A: 난 겨울이 너무 기다려져.

B: Oh, you love skiing.

020

A: 왜 자전거 안 샀어?

B: Because I can't afford them.

B:

역할이 되어 우리말을 영어로 바꿔 말해보세요.

017

A: I need to wash my hands.

B: 아, 이 손 세정제 좀 써봐.

018

A: Be sure to check out the outdoor performance starting at 9.

B: 낭만적일 거 같네요!

019

A: I can't wait until winter.

B: 아, 너 스키 타는 거 좋아하지.

020

A: Why didn't you buy a bicycle?

B: 내가 비용을 감당 할 수가 없어서.

021
>>
024

021

A: You're such an extreme sports person.

B: Yes, I love snowboarding.

A: 넌 극한 스포츠를 정말 좋아하는구나.

B: 응, 난 스노우보드 타는 걸 좋아해.

● extreme 극한의

022

A: I'm looking forward to warmer weather.

B: Yes, the cold really depresses me.

A: 더 따뜻한 계절이 너무나 기다려져.

B: 맞아, 추위가 진짜 우울하게 만들어.

● be looking forward to -ing/명사 ~하기를 기대[고대]하다

023

A: I can't believe that it has snowed six days in a row!

B: I used to love the snow when I was a kid.

A: 6일 연속으로 눈이 내리다니 믿을 수가 없어!

B: 어렸을 때는 눈을 진짜 좋아했었는데.

● used to 동사원형
～하곤 했었다

024

A: Can you possibly come over tonight?

B: It depends. What's going on?

A: 혹시 오늘 저녁에 오실 수 있어요?

B: 봐서요. 무슨 일인데요?

● It depends.
그것은 사정나름입니다.

매일 쓰는 유용한 대화

A:

역할이 되어 우리말을 영어로 바꿔 말해보세요.

021

A: 넌 극한 스포츠를 정말 좋아하는구나.

B: Yes, I love snowboarding.

022

A: 더 따뜻한 계절이 너무나 기다려져.

B: Yes, the cold really depresses me.

023

A: 6일 연속으로 눈이 내리다니 믿을 수가 없어!

B: I used to love the snow when I was a kid.

024

A: 혹시 오늘 저녁에 오실 수 있어요?

B: It depends. What's going on?

B:

역할이 되어 우리말을 영어로 바꿔 말해보세요.

021

A: You're such an extreme sports person.

B: 응, 난 스노우보드 타는 걸 좋아해.

022

A: I'm looking forward to warmer weather.

B: 맞아, 추위가 진짜 우울하게 만들어.

023

A: I can't believe that it has snowed six days in a row!

B: 어렸을 때는 눈을 진짜 좋아했었는데.

024

A: Can you possibly come over tonight?

B: 봐서요. 무슨 일인데요?

025

>>

028

025

A: I'm quiet athletic for my age.

B: I'm glad to hear it.

A: 난 내 나이에 비해서 꽤 운동신경이 좋다고.

B: (들어보니) 좋겠구나.

● **athletic** (몸이) 탄탄한, 육상(경기)의

026

A: How can you live without goals?

B: I just wait for good things to happen.

A: 넌 어떻게 목표 없이 살 수가 있어?

B: 그냥 좋은 일이 생겼으면 하고 바랄 뿐이야.

● **wait for ~ to 동사원형** ~가 ~하기를 기다리다

027

A: When was the last time you went to the movies?

B: I can't remember. It's been a while.

A: 너 영화 보러 마지막으로 간 게 언제야?

B: 기억이 안 나. 꽤 됐지.

↘● It's been a while.
꽤 됐다, 오랜만이다.

028

A: We really need to get out more.

B: So, will you come to the movies with me?

A: 우린 좀 더 자주 나가서 놀아야 할 것 같아.

B: 그럼, 나랑 영화 보러 갈래?

A:

역할이 되어 우리말을 영어로 바꿔 말해보세요.

025

A: 난 내 나이에 비해서 꽤 운동신경이 좋다고.

B: I'm glad to hear it.

026

A: 넌 어떻게 목표 없이 살 수가 있어?

B: I just wait for good things to happen.

027

A: 너 영화 보러 마지막으로 간 게 언제야?

B: I can't remember. It's been a while.

028

A: 우린 좀 더 자주 나가서 놀아야 할 것 같아.

B: So, will you come to the movies with me?

B:

역할이 되어 우리말을 영어로 바꿔 말해보세요.

025

A: I'm quiet athletic for my age.

B: (들어보니) 좋겠구나.

026

A: How can you live without goals?

B: 그냥 좋은 일이 생겼으면 하고 바랄 뿐이야.

027

A: When was the last time you went to the movies?

B: 기억이 안 나. 꽤 됐지.

028

A: We really need to get out more.

B: 그럼, 나랑 영화 보러 갈래?

029
>>
032

029

A: Are you in a hurry?

B: Yes, my friend is waiting for me in the car.

A: 바쁘세요?

B: 네, 친구가 차에서 기다리고 있어요.

> • in a hurry 서둘러

030

A: I didn't mean to cut in front of you.

B: It's no problem. Go in front of me.

A: 앞에 끼어들려는 건 아니었어요.

B: 괜찮아요. 제 앞에 스셔도 됩니다.

> • in front of ~앞에

031

A: Do you have time to go to the symphony with me?

B: When would you like to go?

A: 저랑 음악회에 갈 시간 있으세요?

B: 언제 가고 싶으신데요?

032

A: We will have to get there early to get a seat.

B: I normally get there early. I'll save you a seat.

A: 자리를 맡으려면 우리 일찍 가야 할 것 같아.

B: 난 보통 일찍 가니까. 내가 네 자리도 맡아 놓을게.

- normally
  보통, 일반적으로

- save
  (나중에 쓰거나 하려고)
  남겨 두다[아끼다]

A:

역할이 되어 우리말을 영어로 바꿔 말해보세요.

029

A: 바쁘세요?

B: Yes, my friend is waiting for me in the car.

030

A: 앞에 끼어들려는 건 아니었어요.

B: It's no problem. Go in front of me.

031

A: 저랑 음악회에 갈 시간 있으세요?

B: When would you like to go?

032

A: 자리를 맡으려면 우리 일찍 가야 할 것 같아.

B: I normally get there early. I'll save you a seat.

B:

역할이 되어 우리말을 영어로 바꿔 말해보세요.

029

A: Are you in a hurry?

B: 네, 친구가 차에서 기다리고 있어요.

030

A: I didn't mean to cut in front of you.

B: 괜찮아요. 제 앞에 스셔도 됩니다.

031

A: Do you have time to go to the symphony with me?

B: 언제 가고 싶으신데요?

032

A: We will have to get there early to get a seat.

B: 난 보통 일찍 가니까. 내가 네 자리도 맡아 놓을게.

033
>>
036

033

A: It's hard to leave work at a reasonable hour.

B: Right. I rarely have time to see my kids these days.

A: 제 시간에 퇴근하기가 어렵네요.

B: 맞아요. 저는 요즘 애들하고 보낼 시간이 거의 없어요.

● reasonable 타당한, 합리적인, 적정한

034

A: These are the best pizza I've ever eaten.

B: Yeah, I have to ask the cook for the recipe.

A: 이건 정말 여태까지 먹어본 중에 최고의 피자네요.

B: 네, 주방장에게 만드는 법을 물어봐야겠어요.

● recipe 요리법

035

A: Don't you miss the comforts of home?

B: Sure. I miss home-cooked meals sometimes.

A: 집에 있을 때의 편안함이 그립지 않으세요?

B: 그렇죠. 가끔은 집에서 만든 음식이 그립죠.

• comfort 안락, 편안

036

A: I always have trouble following directions.

B: You overcooked the steak again.

A: 요리법을 따라 하는 게 항상 어려워.

B: 너 또 스테이크 태웠구나.

• overcook 너무 오래 익히다

A:

역할이 되어 우리말을 영어로 바꿔 말해보세요.

033

A: 제 시간에 퇴근하기가 어렵네요.

B: Right. I rarely have time to see my kids these days.

034

A: 이건 정말 여태까지 먹어본 중에 최고의 피자네요.

B: Yeah, I have to ask the cook for the recipe.

035

A: 집에 있을 때의 편안함이 그립지 않으세요?

B: Sure. I miss home-cooked meals sometimes.

036

A: 요리법을 따라 하는 게 항상 어려워.

B: You overcooked the steak again.

B:

역할이 되어 우리말을 영어로 바꿔 말해보세요.

033

A: It's hard to leave work at a reasonable hour.

B: 맞아요. 저는 요즘 애들하고 보낼 시간이 거의 없어요.

034

A: These are the best pizza I've ever eaten.

B: 네, 주방장에게 만드는 법을 물어봐야겠어요.

035

A: Don't you miss the comforts of home?

B: 그렇죠. 가끔은 집에서 만든 음식이 그립죠.

036

A: I always have trouble following directions.

B: 너 또 스테이크 태웠구나.

037
>>
040

037

A: **What do you like most about traveling?**

B: **I love to discover new things.**

A: 여행하면서 제일 좋은 게 뭔가요?

B: 새로운 것들을 발견하는 게 너무 좋아요.

● discover 발견하다

038

A: **I can't believe the month is almost over.**

B: **Well, we get paid soon.**

A: 벌써 한 달이 거의 다 지나가버렸네요.

B: 음, 곧 월급을 받겠군요.

● over 끝이 난

039

A: Why are you wearing a backpack?

B: A backpack is more convenient than bags.

A: 왜 배낭을 메고 계세요?

B: 배낭이 다른 가방들보다 더 편리하거든요.　　　　● convenient 편리한

040

A: Do you have any role models?

B: Yes, I do. My role model is Steve Jobs.

A: 너는 닮고 싶은 사람이 있니?

B: 응, 있어. 내 롤모델은 스티브 잡스야.

A:

역할이 되어 우리말을 영어로 바꿔 말해보세요.

037

A: 여행하면서 제일 좋은 게 뭔가요?

B: I love to discover new things.

038

A: 벌써 한 달이 거의 다 지나가버렸네요.

B: Well, we get paid soon.

039

A: 왜 배낭을 메고 계세요?

B: A backpack is more convenient than bags.

040

A: 너는 닮고 싶은 사람이 있니?

B: Yes, I do. My role model is Steve Jobs.

B:
역할이 되어 우리말을 영어로 바꿔 말해보세요.

037

A: What do you like most about traveling?

B: 새로운 것들을 발견하는 게 너무 좋아요.

038

A: I can't believe the month is almost over.

B: 음, 곧 월급을 받겠군요.

039

A: Why are you wearing a backpack?

B: 배낭이 다른 가방들보다 더 편리하거든요.

040

A: Do you have any role models?

B: 응, 있어. 내 롤모델은 스티브 잡스야.

041
>>
044

041

A: Whatever happens, I try to look on the bright side.

B: That's what I like the most about you.

A: 무슨 일이 있어도, 난 좋은 쪽으로 생각하려고 노력해.

B: 그게 너에 대해 제일 마음에 드는 점이야.

- Whatever happens 무슨 일이 있어도
- what I like the most about ~ 내가 ~에 대해 가장 좋아하는 것

042

A: How did you decide on your career?

B: Well, I've never thought about my career seriously.

A: 네 진로를 어떻게 결정했어?

B: 음, 난 내가 할 일에 대해서 그렇게 진지하게 생각해본 적이 없어.

043

A: Where should we hold the awards dinner?

B: We should check the budget first.

A: 시상식 만찬을 어디에서 열어야 할까요?

B: 예산부터 확인해야겠어요.

● hold 개최하다, 열다
● budget 예산

044

A: We're way over our budget this month.

B: Every division must be implementing budget reductions.

A: 이번 달은 예산이 엄청나게 초과되고 있어요.

B: 각 부서마다 예산 절감 조치를 시행해야 해요.

● division 부서
● implement 시행하다

A:

역할이 되어 우리말을 영어로 바꿔 말해보세요.

041

A: 무슨 일이 있어도, 난 좋은 쪽으로 생각하려고 노력해.

B: That's what I like the most about you.

042

A: 네 진로를 어떻게 결정했어?

B: Well, I've never thought about my career seriously.

043

A: 시상식 만찬을 어디에서 열어야 할까요?

B: We should check the budget first.

044

A: 이번 달은 예산이 엄청나게 초과되고 있어요.

B: Every division must be implementing budget reductions.

B:

역할이 되어 우리말을 영어로 바꿔 말해보세요.

041

A: Whatever happens, I try to look on the bright side.

B: 그게 너에 대해 제일 마음에 드는 점이야.

042

A: How did you decide on your career?

B: 음, 난 내가 할 일에 대해서 그렇게 진지하게 생각해본 적이 없어.

043

A: Where should we hold the awards dinner?

B: 예산부터 확인해야겠어요.

044

A: We're way over our budget this month.

B: 각 부서마다 예산 절감 조치를 시행해야 해요.

매일 쓰는 유용한 대화 암기 연습

045

>>

048

045

A: I'm interested in booking flight tickets for myself from Boston to New York City.

B: I can help you with that. Would you like to book return fare, and are there any preferred travel dates?

A: 보스턴에서 뉴욕까지 가는 비행기 표를 예약하고 싶어요.

B: 도와드릴게요. 왕복 요금으로 예약하시겠어요, 그리고 원하는 날짜가 있으신지요?

- book 예약하다
- prefer 선호하다

046

A: I need to book a flight to LA.

B: Ok, is this a one-way or round trip ticket?

A: LA로 가는 항공권을 예약하고 싶습니다.

B: 네, 편도입니까, 왕복입니까?

047

A: Do you have any rooms?

B: I'm afraid we're fully booked.

A: 빈 방 있어요?

B: 죄송하지만 예약이 꽉 찼어요.

● fully booked
예약이 꽉 찬

048

A: You won't be back in the office until
next Monday, right?

B: Yes, I will call you before I leave.

A: 다음 주 월요일에 사무실에 돌아오는 거 맞죠?

B: 네, 출발하기 전에 연락 드릴게요.

● before+주어+동사
~가 ~하기 전에

A:

역할이 되어 우리말을 영어로 바꿔 말해보세요.

045

A: 보스턴에서 뉴욕까지 가는 비행기 표를 예약하고 싶어요.

B: I can help you with that. Would you like to book return fare, and are there any preferred travel dates?

046

A: LA로 가는 항공권을 예약하고 싶습니다.

B: Ok, is this a one-way or round trip ticket?

047

A: 빈 방 있어요?

B: I'm afraid we're fully booked.

048

A: 다음 주 월요일에 사무실에 돌아오는 거 맞죠?

B: Yes, I will call you before I leave.

B:

역할이 되어 우리말을 영어로 바꿔 말해보세요.

045

A: I'm interested in booking flight tickets for myself from Boston to New York City.

B: 도와드릴게요. 왕복 요금으로 예약하시겠어요, 그리고 원하는 날짜가 있으신지요?

046

A: I need to book a flight to LA.

B: 네, 편도입니까, 왕복입니까?

047

A: Do you have any rooms?

B: 죄송하지만 예약이 꽉 찼어요.

048

A: You won't be back in the office until next Monday, right?

B: 네, 출발하기 전에 연락 드릴게요.

049
>>
052

049

A: How is Busan? Is everything okay?

B: Yes. I have a meeting this afternoon
with Mr. Kim from ABC.

A: 부산은 어때요? 모두 잘 진행되고 있나요?

B: 네. 오후에 ABC 사의 김 고장과 회의가 있어요.

● How is ~?
~는 어때?

050

A: Do you prefer a hotel downtown or
near the airport?

B: I prefer a hotel downtown.

A: 시내 호텔이 좋으세요, 공항 근처 호텔이 좋으세요?

B: 시내 호텔이 더 좋아요.

● prefer 선호하다

051

A: Karaoke was fun yesterday. You sing very well.

B: Oh, I enjoy singing.

A: 어제 가라오케가 재미있더군요. 노래 잘 하시네요.

B: 아, 전 노래 부르는 걸 좋아해요.

• enjoy -ing
~하는 것을 즐기다

052

A: Damn, I have to work overtime again.

B: I'll get home after midnight again.

A: 젠장, 나 또 야근해야 해.

B: 또 자정 넘어 들어가겠군.

• overtime 초과 근무

A:

역할이 되어 우리말을 영어로 바꿔 말해보세요.

049

A: 부산은 어때요? 모두 잘 진행되고 있나요?

B: Yes. I have a meeting this afternoon with Mr. Kim from ABC.

050

A: 시내 호텔이 좋으세요, 공항 근처 호텔이 좋으세요?

B: I prefer a hotel downtown.

051

A: 어제 가라오케가 재미있더군요. 노래 잘 하시네요.

B: Oh, I enjoy singing.

052

A: 젠장, 나 또 야근해야 해.

B: I'll get home after midnight again.

B:

역할이 되어 우리말을 영어로 바꿔 말해보세요.

049

A: How is Busan? Is everything okay?

B: 네. 오후에 ABC 사의 김 고장과 회의가 있어요.

050

A: Do you prefer a hotel downtown or near the airport?

B: 시내 호텔이 더 좋아요.

051

A: Karaoke was fun yesterday. You sing very well.

B: 아, 전 노래 부르는 걸 좋아해요.

052

A: Damn, I have to work overtime again.

B: 또 자정 넘어 들어가겠군.

053
>>
056

053

A: Having to deal with my boss all day is so stressful.

B: He never stops talking once he opens his mouth.

A: 우리 상사 같은 사람을 종일 대하자니 스트레스가 쌓여.

B: 그는 한번 입을 열면 말을 멈추지 않아.

• deal with
~을 다루다, 대하다

054

A: Can we change the deadline?

B: I'm afraid that I can't make that decision.

A: 마감 날짜 바꿀 수 있어요?

B: 죄송하지만 그 결정은 제가 내릴 수 없어요.

• make a decision
결정하다

055

A: I don't know how to take out the jammed paper.

B: Let me show you how to use it.

A: 종이 걸린 걸 어떻게 빼내는지 모르겠어요.

B: 어떻게 사용하는지 보여드리죠.

● how to 동사원형
어떻게 ~하는지

056

A: Can you add me to your messenger list?

B: What's your online ID?

A: 저를 메신저에 추가해 주실래요?

B: 당신 아이디가 뭐예요?

● add 더하다, 추가하다

A:

역할이 되어 우리말을 영어로 바꿔 말해보세요.

053

A: 우리 상사 같은 사람을 종일 대하자니 스트레스가 쌓여.

B: He never stops talking once he opens his mouth.

054

A: 마감 날짜 바꿀 수 있어요?

B: I'm afraid that I can't make that decision.

055

A: 종이 걸린 걸 어떻게 빼내는지 모르겠어요.

B: Let me show you how to use it.

056

A: 저를 메신저에 추가해 주실래요?

B: What's your online ID?

B:

역할이 되어 우리말을 영어로 바꿔 말해보세요.

053

A: Having to deal with my boss all day is so stressful.

B: 그는 한번 입을 열면 말을 멈추지 않아.

054

A: Can we change the deadline?

B: 죄송하지만 그 결정은 제가 내릴 수 없어요.

055

A: I don't know how to take out the jammed paper.

B: 어떻게 사용하는지 보여드리죠.

056

A: Can you add me to your messenger list?

B: 당신 아이디가 뭐예요?

매일 쓰는 유용한 대화 암기 연습

057
>>
060

057

A: We have to plan our company outing.
   When do you have time?

B: I'm available for lunch anytime.

A: 회사 야유회 계획을 세워야 해요. 언제 시간이 나세요?

B: 점심식사 때는 언제든 시간이 됩니다.

● company outing
  회사 야유회

● available 이용할 수
  있는, 시간이 되는

058

A: How would you like your coffee?
   Cream? Sugar?

B: Just black.

A: 커피 어떻게 드릴까요? 크림을 타 드릴까요? 설탕 드려요?

B: 그냥 블랙으로요.

059

A: How is Mr. Kim doing?

B: He is well. I will give him your regards.

A: 김 사장님은 잘 계세요?

B: 잘 지내세요. 안부 전해 드릴게요.

give ~ one's regards
~에게 ~의 안부를 전하다

060

A: I'm going there by subway. Which station is the most convenient to get there?

B: Which lane do you take?

A: 제가 지금 지하철을 타고서 가는 중인데요. 어느 역에서 내리는 것이 가기가 편한가요?

B: 몇 호선을 타고 계십니까?

매일 쓰는 유용한 대화 ——

A:

역할이 되어 우리말을 영어로 바꿔 말해보세요.

057

A: 회사 야유회 계획을 세워야 해요. 언제 시간이 나세요?

B: I'm available for lunch anytime.

058

A: 커피 어떻게 드릴까요? 크림을 타 드릴까요?
설탕 드려요?

B: Just black.

059

A: 김 사장님은 잘 계세요?

B: He is well. I will give him your regards.

060

A: 제가 지금 지하철을 타고서 가는 중인데요. 어느 역에서
내리는 것이 가기가 편한가요?

B: Which lane do you take?

B:

역할이 되어 우리말을 영어로 바꿔 말해보세요.

057

A: We have to plan our company outing. When do you have time?

B: 점심식사 때는 언제든 시간이 됩니다.

058

A: How would you like your coffee? Cream? Sugar?

B: 그냥 블랙으로요.

059

A: How is Mr. Kim doing?

B: 잘 지내세요. 안부 전해 드릴게요.

060

A: I'm going there by subway. Which station is the most convenient to get there?

B: 몇 호선을 타고 계십니까?

061
>>
064

061

A: Is it true that it always rains in the UK?

B: Well, not exactly, but maybe there's a little bit of truth in that.

A: 영국에서는 항상 비가 내린다는 게 사실인가요?

B: 글쎄요, 꼭 그런 건 아니지만, 어느 정도는 사실이에요.

● Is it true that ~?
~라는 것이 사실인가?
(that 이하는 '주어+동사'의 절)

062

A: Is unemployment a big problem in Korea?

B: Well, it is an issue, but it's not as bad as a few years ago.

A: 한국에서 실업이 큰 문제인가요?

B: 음, 문제이긴 한데요, 몇 년 전만큼 나쁘진 않아요.

● unemployment
실업

063

A: Is this your first visit here?

B: No, I've been here before on business.
It's a great city.

A: 여기 처음 방문이세요?

B: 아니요, 출장으로 전에 와 봤어요. 멋진 도시죠.

● visit 동사와 명사의
형태가 같은데 여기서
는 명사로 쓰였다.

064

A: Do you do any sport in your free time?

B: Yes, I go to the gym and I do a bit of
jogging, but only to keep fit.

A: 시간 날 때 운동하세요?

B: 네, 체육관에 가서 조깅을 하는데 몸매를 유하려고 하는 거예요.

A:

역할이 되어 우리말을 영어로 바꿔 말해보세요.

061

A: 영국에서는 항상 비가 내린다는 게 사실인가요?

B: Well, not exactly, but maybe there's a little bit of truth in that.

062

A: 한국에서 실업이 큰 문제인가요?

B: Well, it is an issue, but it's not as bad as a few years ago.

063

A: 여기 처음 방문이세요?

B: No, I've been here before on business. It's a great city.

064

A: 시간 날 때 운동하세요?

B: Yes, I go to the gym and I do a bit of jogging, but only to keep fit.

B:

역할이 되어 우리말을 영어로 바꿔 말해보세요.

061

A: Is it true that it always rains in the UK?

B: 글쎄요, 꼭 그런 건 아니지만, 어느 정도는 사실이에요.

062

A: Is unemployment a big problem in Korea?

B: 음, 문제이긴 한데요, 몇 년 전만큼 나쁘진 않아요.

063

A: Is this your first visit here?

B: 아니요, 출장으로 전에 와 봤어요. 멋진 도시죠.

064

A: Do you do any sport in your free time?

B: 네, 체육관에 가서 조깅을 하는데 몸매를 유지하려고 하는 거예요.

065
>>
068

065

A: What's the biggest sport in Korea apart from football?

B: Well, lots of people are into baseball and basketball is really popular, too.

A: 축구를 제외하고 한국에서 가장 큰 스포츠가 뭐예요?

B: 음. 많은 사람들이 야구에 빠져 있고 농구도 매우 인기 있어요.

apart from
~를 제외하고

066

A: That snow just isn't going to stop!

B: I know. It took me an hour just to shovel the driveway before I left today.

A: 눈이 그칠 것 같지 않네요!

B: 그러니까요. 오늘 출발하기 전에 진입로까지 삽질을 하느라 한 시간이나 걸렸어요.

shovel 삽질하다

067

A: I'm planning on taking the family to England. Have you ever been there?

B: Yes, in fact I went last summer.

A: 영국으로 가족을 데리고 가려고요. 가본 적 있어요?

B: 네, 사실 지난 여름에 갔었어요.

● be planning on
~를 계획중이다

068

A: What about the dinner? Did you enjoy the food?

B: I love Korean cuisine. Thanks for your treat.

A: 저녁 식사는 어떠셨나요? 음식이 입에 맞으셨어요?

B: 전 한국 음식을 좋아해요. 대접해 주셔서 고마워요.

● cuisine
요리법, 고급 요리

매일 쓰는 유용한 대화 ─

A:

역할이 되어 우리말을 영어로 바꿔 말해보세요.

065

A: 축구를 제외하고 한국에서 가장 큰 스포츠가 뭐에요?

B: Well, lots of people are into baseball and basketball is really popular, too.

066

A: 눈이 그칠 것 같지 않네요!

B: I know. It took me an hour just to shovel the driveway before I left today.

067

A: 영국으로 가족을 데리고 가려고요. 가본 적 있어요?

B: Yes, in fact I went last summer.

068

A: 저녁 식사는 어떠셨나요? 음식이 입에 맞으셨어요?

B: I love Korean cuisine. Thanks for your treat.

B:

역할이 되어 우리말을 영어로 바꿔 말해보세요.

065

A: What's the biggest sport in Korea apart from football?

B: 음, 많은 사람들이 야구에 빠져 있고 농구도 매우 인기 있어요.

066

A: That snow just isn't going to stop!

B: 그러니까요. 오늘 출발하기 전에 진입로까지 삽질을 하느라 한 시간이나 걸렸어요.

067

A: I'm planning on taking the family to England. Have you ever been there?

B: 네, 사실 지난 여름에 갔었어요.

068

A: What about the dinner? Did you enjoy the food?

B: 전 한국 음식을 좋아해요. 대접해 주셔서 고마워요.

069
>>
072

069

A: I think we can use this display picture in our advertisement.

B: That's a great idea. How about this one?

A: 이 상품 사진을 저희 광고에도 사용할 수 있을 것 같은데요.

B: 좋은 생각이에요. 이건 어때요?

advertisement
광고

070

A: How much does it weigh?

B: It weighs only 700g.

A: 무게가 얼마나 나가나요?

B: 700그램밖에 안 나가요.

weigh 무게가 나가다

071

A: You're taller than average. How tall are you?

B: One meter 90 centimeters.

A: 당신은 보통 사람보다 키가 좀 크군요. 키가 얼마나 되요?

B: 1미터 90센티미터에요.

• average 평균

072

A: I'd like to take a shuttle bus. Where can I buy a ticket?

B: You may stand in line here.

A: 셔틀버스를 타려고 하는데요. 티켓은 어디서 사나요?

B: 여기 줄을 서면 됩니다.

• stand in line
줄을 서다

A:

역할이 되어 우리말을 영어로 바꿔 말해보세요.

069

A: 이 상품 사진을 저희 광고에도 사용할 수 있을 것 같은데요.

B: That's a great idea. How about this one?

070

A: 무게가 얼마나 나가나요?

B: It weighs only 700g.

071

A: 당신은 보통 사람보다 키가 좀 크군요.
   키가 얼마나 되요?

B: One meter 90 centimeters.

072

A: 셔틀버스를 타려고 하는데요. 티켓은 어디서 사나요?

B: You may stand in line here.

B:

역할이 되어 우리말을 영어로 바꿔 말해보세요.

069

A: I think we can use this display picture in our advertisement.

B: 좋은 생각이에요. 이건 어때요?

070

A: How much does it weigh?

B: 700그램밖에 안 나가요.

071

A: You're taller than average. How tall are you?

B: 1미터 90센티미터에요.

072

A: I'd like to take a shuttle bus. Where can I buy a ticket?

B: 여기 줄을 서면 됩니다.

073
>>
076

073

A: How long does it take to get to Wall Street?

B: It depends on the traffic.

A: 월스트리트까지 얼마나 걸리나요?

B: 교통 상황에 달려 있어요.

● depend on
~을 믿다, 의지하다

074

A: What kind of car would you like to rent?

B: A small car with good gas mileage, if possible.

A: 어떤 종류를 렌트하려고 하시죠?

B: 되도록 연비가 좋은 소형차요.

● rent 빌리다, 대여하다

075

A: Do I have to keep going straight?

B: You should turn right at the next intersection.

A: 계속 죽 가야 하나요?

B: 다음 교차로에서 우회전해야 합니다.

- keep -ing 계속해서 ~을 하다
- intersection 교차로

076

A: How do you want your reservation changed?

B: I'd like to change it from next Monday to Tuesday.

A: 예약을 어떻게 변경하시겠습니까?

B: 다음 주 월요일에서 화요일로 바꾸고 싶습니다.

- reservation 예약
- change from A to B A에서 B로 바꾸다

A:

역할이 되어 우리말을 영어로 바꿔 말해보세요.

073

A: 월스트리트까지 얼마나 걸리나요?

B: It depends on the traffic.

074

A: 어떤 종류를 렌트하려고 하시죠?

B: A small car with good gas mileage, if possible.

075

A: 계속 죽 가야 하나요?

B: You should turn right at the next intersection.

076

A: 예약을 어떻게 변경하시겠습니까?

B: I'd like to change it from next Monday to Tuesday.

B:

역할이 되어 우리말을 영어로 바꿔 말해보세요.

073

A: How long does it take to get to Wall Street?

B: 교통 상황에 달려 있어요.

074

A: What kind of car would you like to rent?

B: 되도록 연비가 좋은 소형차요.

075

A: Do I have to keep going straight?

B: 다음 교차로에서 우회전해야 합니다.

076

A: How do you want your reservation changed?

B: 다음 주 월요일에서 화요일로 바꾸고 싶습니다.

077
>>
080

077

A: I'm sorry, we're fully booked tomorrow evening.

B: Could you put me on the waiting list in case of cancellations?

A: 죄송합니다. 내일 저녁에는 예약이 꽉 찼습니다.

B: 누가 취소할지 모르니 대기자 명단에 올려주실래요?

- waiting list 대기자 명단
- in case of ~에 대비해서
- cancellation 취소

078

A: My foods are overcooked and potatoes are raw.

B: I apologize for them. I'll replace them straight away.

A: 제 음식이 너무 푹 익었고요. 감자는 덜 익었어요.

B: 음식이 그렇게 되다니 죄송합니다. 바로 바꿔드릴게요.

- apologize 사과하다
- replace 대체하다

079

A: **Hi. May I take your order?**

B: **Can I have a small, iced caramel macchiato with an extra shot?**

A: 안녕하세요. 주문하실래요?

B: 아이스 캐러멜 마키아토 스몰 사이즈에 샷을 추가해주시겠어요?

● extra 여분의

080

A: **Where is the grocery store?**

B: **Take the escalator to the second floor and it will be on the right.**

A: 식료품점이 어디예요?

B: 에스컬레이터를 타고 2층으로 올라가면 오른쪽에 있습니다.

● grocery store 식표품점

A:

역할이 되어 우리말을 영어로 바꿔 말해보세요.

077

A: 죄송합니다. 내일 저녁에는 예약이 꽉 찼습니다.

B: Could you put me on the waiting list in case of cancellations?

078

A: 제 음식이 너무 푹 익었고요. 감자는 덜 익었어요.

B: I apologize for them. I'll replace them straight away.

079

A: 안녕하세요. 주문하실래요?

B: Can I have a small, iced caramel macchiato with an extra shot?

080

A: 식료품점이 어디예요?

B: Take the escalator to the second floor and it will be on the right.

B:

역할이 되어 우리말을 영어로 바꿔 말해보세요.

077

A: I'm sorry, we're fully booked tomorrow evening.

B: 누가 취소할지 모르니 대기자 명단에 올려주실래요?

078

A: My foods are overcooked and potatoes are raw.

B: 음식이 그렇게 되다니 죄송합니다. 바로 바꿔드릴게요.

079

A: Hi. May I take your order?

B: 아이스 캐러멜 마키아토 스몰 사이즈에 샷을 추가해주시겠
어요?

080

A: Where is the grocery store?

B: 에스컬레이터를 타고 2층으로 올라가면 오른쪽에 있습니다.

081
>>
084

081

A: What can I do for you?

B: Where is perfume? I want one as a gift for my wife.

A: 무엇을 도와드릴까요?

B: 향수 어디 있나요? 아내한테 줄 선물로 하나 사고 싶어요.

perfume 향수

082

A: Can I exchange these pants for a smaller size?

B: Do you have a receipt?

A: 이 바지를 작은 사이즈로 바꿔주시겠어요?

B: 영수증 있으세요?

exchange 교체하다

receipt 영수증

083

A: I bought this camera here yesterday,
but the picture quality is awful. I'd like
to return this.

B: I'm afraid it isn't our policy to give
refunds.

A: 어제 여기서 이 카메라를 샀는데요. 사진의 질이 완전 아니에요.
이거 반품/환불하고 싶어요.

B: 죄송하지만 저희는 정책상 환불해드리지 않아요.

● quality 질
● policy 정책

084

A: May I help you?

B: My handbag has been stolen on a bus
this morning.

A: 무슨 일이시죠?

B: 오늘 아침 버스에서 핸드백을 도난당했어요

● be stolen
도난당하다

A:

역할이 되어 우리말을 영어로 바꿔 말해보세요.

081

A: 무엇을 도와드릴까요?

B: Where is perfume? I want one as a gift for my wife.

082

A: 이 바지를 작은 사이즈로 바꿔 주시겠어요?

B: Do you have a receipt?

083

A: 어제 여기서 이 카메라를 샀는데요, 사진의 질이 완전 아니에요. 이거 반품/환불하고 싶어요.

B: I'm afraid it isn't our policy to give refunds.

084

A: 무슨 일이시죠?

B: My handbag has been stolen on a bus this morning.

B:

역할이 되어 우리말을 영어로 바꿔 말해보세요.

081

A: What can I do for you?

B: 향수 어디 있나요? 아내한테 줄 선물로 하나 사고 싶어요.

082

A: Can I exchange these pants for a smaller size?

B: 영수증 있으세요?

083

A: I bought this camera here yesterday, but the picture quality is awful. I'd like to return this.

B: 죄송하지만 저희는 정책상 환불해드리지 않아요.

084

A: May I help you?

B: 오늘 아침 버스에서 핸드백을 도난당했어요.

매일 쓰는 유용한 대화 안기 연습 ──

085
>>
088

085

A: I'm here to see a doctor. I'm not feeling well.

B: Can you please tell me your symptoms?

A: 진찰을 받으러 왔어요. 몸이 안 좋아요.

B: 증상을 말씀해 주시겠어요?

symptom 증상

086

A: I have a fever and my head hurts.

B: How long have you been sick?

A: 열이 나고 머리가 아파요.

B: 얼마 동안 아팠어요?

hurt 다치게 하다

087

A: Could you tell me how to get to Dallas from here?

B: It's a half hour drive from here. I'll draw a map showing the way to Dallas from here.

A: 여기서 댈러스로 어떻게 가는지 알려주시겠어요?

B: 여기서 차로 30분 걸려요. 여기서 댈러스까지 가는 길을 약도로 그려드릴게요.

- a half hour 30분
- way to 동사원형 ~하는 방법

088

A: Oh, there's a good dog park around here.

B: Shall we drive there with our dog today?

A: 아, 근처에 애견 공원 좋은 게 있네.

B: 우리 오늘 우리 강아지 데리고 거기 가볼까?

A:

역할이 되어 우리말을 영어로 바꿔 말해보세요.

085

A: 진찰을 받으러 왔어요. 몸이 안 좋아요.

B: Can you please tell me your symptoms?

086

A: 열이 나고 머리가 아파요.

B: How long have you been sick?

087

A: 여기서 댈러스로 어떻게 가는지 알려주시겠어요?

B: It's a half hour drive from here. I'll draw a map showing the way to Dallas from here.

088

A: 아, 근처에 애견 공원 좋은 게 있네.

B: Shall we drive there with our dog today?

B:

역할이 되어 우리말을 영어로 바꿔 말해보세요.

085

A: I'm here to see a doctor. I'm not feeling well.

B: 증상을 말씀해 주시겠어요?

086

A: I have a fever and my head hurts.

B: 얼마 동안 아팠어요?

087

A: Could you tell me how to get to Dallas from here?

B: 여기서 차로 30분 걸려요. 여기서 댈러스까지 가는 길을 약
도로 그려드릴게요.

088

A: Oh, there's a good dog park around here.

B: 우리 오늘 우리 강아지 데리고 거기 가볼까?

089
>>
092

089

A: **What's wrong with your part time job?**

B: **It conflicts with my new class schedule.**

A: 지금 하고 있는 아르바이트에 무슨 문제야?

B: 내 새로운 강의 시간표랑 안 맞아.　　　　　　● conflict 충돌하다

090

A: **Is your party preparation going well?**

B: **There's been a lot of progress, thanks to you.**

A: 파티 준비는 잘 되가니?

B: 덕분에, 진행이 많이 되었어.

● preparation 준비
● progress 진행
● thanks to ~덕분에

091

A: How did you enjoy your trip to the museum?

B: I had a really interesting time there.

A: 박물관 갖다 온 건 즐거웠니?

B: 거기서 정말 재미있었어.

092

A: Who is the guest speaker at tonight's conference?

B: Dr. Kim will be giving a lecture on primates.

A: 오늘 회의의 초청 강의자는 누구니?

B: 김 박사가 영장류에 관한 강의를 맡으실 거야.

- guest speaker
  초청 강의자/연사
- lecture 강의

A:

역할이 되어 우리말을 영어로 바꿔 말해보세요.

089

A: 지금 하고 있는 아르바이트에 무슨 문제야?

B: It conflicts with my new class schedule.

090

A: 파티 준비는 잘 되가니?

B: There's been a lot of progress, thanks to you.

091

A: 박물관 갔다 온 건 즐거웠니?

B: I had a really interesting time there.

092

A: 오늘 회의의 초청 강의자는 누구니?

B: Dr. Kim will be giving a lecture on primates.

B:

역할이 되어 우리말을 영어로 바꿔 말해보세요.

089

A: What's wrong with your part time job?

B: 내 새로운 강의 시간표랑 안 맞아.

090

A: Is your party preparation going well?

B: 덕분에, 진행이 많이 되었어.

091

A: How did you enjoy your trip to the museum?

B: 거기서 정말 재미있었어.

092

A: Who is the guest speaker at tonight's conference?

B: 김 박사가 영장류에 관한 강의를 맡으실 거야.

093
>>
096

093

A: Did you find today's lecture educational?

B: I really learned a lot of new concepts.

A: 오늘 강의는 교육적이었니?

B: 새로운 개념에 대해 정말 많이 배웠어.

● education 교육

094

A: Is there any admission fee to the conference?

B: Yes, there is, but it's not expensive.

A: 컨퍼런스에 입장료 있니?

B: 응. 하지만 비싸지 않아.

● admission 입장

095

A: What kind of art is on display here?

B: We specialize in modern art.

A: 여기엔 어떤 작품이 전시되었나요?

B: 우리는 현대작품 전문이에요.

- on display
  전시 중인
- specialize in
  ~에 전문이다

096

A: How much funding does the politician receive every year?

B: Donations often reach about a million dollars a year.

A: 그 정치인은 매년 기부금을 얼마나 받나요?

B: 해마다 기금은 약 1백만 달러 정도 돼요.

- politician 정치인
- reach ~에 이르다

매일 쓰는 유용한 대화

A:

역할이 되어 우리말을 영어로 바꿔 말해보세요.

093

A: 오늘 강의는 교육적이었니?

B: I really learned a lot of new concepts.

094

A: 컨퍼런스에 입장료 있니?

B: Yes, there is, but it's not expensive.

095

A: 여기엔 어떤 작품이 전시되었나요?

B: We specialize in modern art.

096

A: 그 정치인은 매년 기부금을 얼마나 받나요?

B: Donations often reach about a million dollars a year.

B:

역할이 되어 우리말을 영어로 바꿔 말해보세요.

093

A: Did you find today's lecture educational?

B: 새로운 개념에 대해 정말 많이 배웠어.

094

A: Is there any admission fee to the conference?

B: 응. 하지만 비싸지 않아.

095

A: What kind of art is on display here?

B: 우리는 현대작품 전문이에요.

096

A: How much funding does the politician receive every year?

B: 해마다 기금은 약 1백만 달러 정도 돼요.

097
>>
100

097

A: **What time does the performance begin?**

B: **At four o'clock sharp.**

A: 공연은 몇 시에 시작되니?

B: 4시 정각에.

- performance 공연
- ~ sharp ~ 정각

098

A: **Are we allowed to take pictures here?**

B: **Yes, but no flash photography is allowed.**

A: 여기서 사진을 찍어도 될까요?

B: 네, 하지만 플래시를 터뜨리며 사진 찍는 건 금지되어 있어요.

- be allowed to 동사원형 ~하는 것을 허락되다

099

A: How much is admission to the zoo?

B: Two dollars for adults and one for children.

A: 동물원 입장료는 얼마예요?

B: 성인은 2달러, 아이들은 1달러예요.

- admission 입장
- adult 성인

100

A: The wedding last Sunday was quite moving, don't you think?

B: Yeah, it was. I thought the place was very beautiful.

A: 지난 일요일의 결혼식은 참 인상적이었지?

B: 그래. 장소가 아주 멋졌던 것 같아.

A:

역할이 되어 우리말을 영어로 바꿔 말해보세요.

097

A: 공연은 몇 시에 시작되니?

B: At four o'clock sharp.

098

A: 여기서 사진을 찍어도 될까요?

B: Yes, but no flash photography is allowed.

099

A: 동물원 입장료는 얼마예요?

B: Two dollars for adults and one for children.

100

A: 지난 일요일의 결혼식은 참 인상적이었지?

B: Yeah, it was. I thought the place was very beautiful.

B:

역할이 되어 우리말을 영어로 바꿔 말해보세요.

097

A: What time does the performance begin?

B: 4시 정각에.

098

A: Are we allowed to take pictures here?

B: 네, 하지만 플래시를 터뜨리며 사진 찍는 건 금지되어 있어요.

099

A: How much is admission to the zoo?

B: 성인은 2달러, 아이들은 1달러예요.

100

A: The wedding last Sunday was quite moving, don't you think?

B: 그래. 장소가 아주 멋졌던 것 같아.

101
>>
104

101

A: What is an appropriate gift to give the bride?

B: It really depends on personal taste. Helen likes receiving money, doesn't she?

A: 신부에게 어떤 선물이 적당할까?

B: 개인 취향에 달렸지. 헬렌은 돈으로 받는 걸 좋아하지 않니?

- appropriate 적당한
- bride 신부
- personal taste 개인 취향

102

A: Should I bring any food?

B: You don't need to. Snacks will be provided after the service.

A: 내가 먹을 걸 싸가야 해?

B: 아니, 그럴 필요 없어. 식이 끝나면 간단한 식사가 제공될 거야.

- provide 제공하다

103

A: **When did you quit smoking?**

B: **I quit almost three years ago.**

A: 담배 언제 끊었어?

B: 거의 3년 전에 끊었지.

● quit 그만두다

104

A: **Will you be attending the meeting tomorrow?**

B: **Yes, I wouldn't miss the meeting for the world.**

A: 내일 회의에 참석할 거니?

B: 응, 무슨 일이 있어도 회의를 놓칠 수 없어.

● attend 참석하다

매일 쓰는 유용한 대화

A:

역할이 되어 우리말을 영어로 바꿔 말해보세요.

101

A: 신부에게 어떤 선물이 적당할까?

B: It really depends on personal taste. Helen likes receiving money, doesn't she?

102

A: 내가 먹을 걸 싸가야 해?

B: You don't need to. Snacks will be provided after the service.

103

A: 담배 언제 끊었어?

B: I quit almost three years ago.

104

A: 내일 회의에 참석할 거니?

B: Yes, I wouldn't miss the meeting for the world.

B:

역할이 되어 우리말을 영어로 바꿔 말해보세요.

101

A: What is an appropriate gift to give the bride?

B: 개인 취향에 달렸지. 헬렌은 돈으로 받는 걸 좋아하지 않니?

102

A: Should I bring any food?

B: 아니, 그럴 필요 없어. 식이 끝나면 간단한 식사가 제공될 거야.

103

A: When did you quit smoking?

B: 거의 3년 전에 끊었지.

104

A: Will you be attending the meeting tomorrow?

B: 응, 무슨 일이 있어도 회의를 놓칠 수 없어.

105
»
108

105

A: **What kind of car is that? It really is beautiful.**

B: **It looks like a sports car.**

A: 저건 어떤 종류의 차지? 정말 멋지다.

B: 스포츠카인 것 같은데.

● look like
　～처럼 보이다

106

A: **Are you having any problems with your car?**

B: **Yes, I think I have a flat tire.**

A: 네 차에 무슨 문제 있니?

B: 응, 타이어에 바람 빠진 것 같아.

● flat tire
　바람 빠진 타이어

107

A: Why don't you buy a sports car?

B: Well, I'm pretty happy with mine.

A: 스포츠카를 사는 게 어때?

B: 음, 난 정말 내 차에 만족하고 있어.

108

A: Is your car brand new?

B: No, I've had it for a couple of years now.

A: 네 차 새 차니?

B: 아니, 이제 2년 정도 됐어.

● a couple of
둘의, 두 사람의

A:

역할이 되어 우리말을 영어로 바꿔 말해보세요.

105

A: 저건 어떤 종류의 차지? 정말 멋지다.

B: It looks like a sports car.

106

A: 네 차에 무슨 문제 있니?

B: Yes, I think I have a flat tire.

107

A: 스포츠카를 사는 게 어때?

B: Well, I'm pretty happy with mine.

108

A: 네 차 새 차니?

B: No, I've had it for a couple of years now.

B:

역할이 되어 우리말을 영어로 바꿔 말해보세요.

105

A: What kind of car is that? It really is beautiful.

B: 스포츠카인 것 같은데.

106

A: Are you having any problems with your car?

B: 응, 타이어에 바람 빠진 것 같아.

107

A: Why don't you buy a sports car?

B: 음, 난 정말 내 차에 만족하고 있어.

108

A: Is your car brand new?

B: 아니, 이제 2년 정도 됐어.

109
>>
112

109

A: Did you buy your water purifier?

B: No, I'm leasing it with an option to buy.

A: 정수기 샀니?

B: 아니, 산다는 조건에 임대를 하고 있는 중이야.

- **purifier** 정수기
- **lease** 임대하다
- **option** 선택사항, 조건

110

A: Why didn't you buy a bicycle?

B: My wife wouldn't let me.

A: 왜 자전거 안 샀어?

B: 우리 마누라가 못 사게 해.

- **as**
  사실

111

A: Did you pay cash or are you still
making payments on your refrigerator?

B: I am making payments.

A: 네 냉장고 현금으로 샀어, 아니면 할부로 샀어?

B: 할부로 했어.

- pay cash
  현금으로 지불하다
- payment 지불
- refrigerator 냉장고

112

A: How often do you watch movies?

B: Every chance I get.

A: 얼마나 자주 영화를 보니?

B: 기회가 있을 때마다.

- how often
  얼마나 자주

A:

역할이 되어 우리말을 영어로 바꿔 말해보세요.

109

A: 정수기 샀니?

B: No, I'm leasing it with an option to buy.

110

A: 왜 자전거 안 샀어?

B: My wife wouldn't let me.

111

A: 네 냉장고 현금으로 샀어, 아니면 할부로 샀어?

B: I am making payments.

112

A: 얼마나 자주 영화를 보니?

B: Every chance I get.

B:

역할이 되어 우리말을 영어로 바꿔 말해보세요.

109

A: Did you buy your water purifier?

B: 아니, 산다는 조건에 임대를 하고 있는 중이야.

110

A: Why didn't you buy a bicycle?

B: 우리 마누라가 못 사게 해.

111

A: Did you pay cash or are you still making payments on your refrigerator?

B: 할부로 했어.

112

A: How often do you watch movies?

B: 기회가 있을 때마다.

113
>>
116

113

A: Excuse me. How can I get to the City Hall?

B: From here, take the orange line, and get off at the City Hall Station.

A: 실례합니다. 시청에 어떻게 가죠?

B: 여기서 오렌지색 라인을 타고 시청역에서 내리세요.

> get off at
> ~에서 내리다

114

A: I'd like two tickets for the 10 o'clock to Busan, please.

B: Sure. That comes to $50.

A: 부산행 10시 표 2장 주세요.

B: 네. 50달러입니다.

115

A: Did you move last month?

B: Yes, I moved to an apartment right
around here.

A: 지난달에 이사했어?

B: 응, 바로 이 근처 아파트로 이사왔어.

116

A: Where is the nearest bus stop?

B: It's right over there, next to the bank.

A: 가장 가까운 버스정류장이 어디예요?

B: 바로 저기, 은행 바로 옆이에요.

● nearest 가장 가까운
● next to ~옆에

A:

역할이 되어 우리말을 영어로 바꿔 말해보세요.

113

A: 실례합니다. 시청에 어떻게 가죠?

B: From here, take the orange line, and get off at the City Hall Station.

114

A: 부산행 10시 표 2장 주세요.

B: Sure. That comes to $50.

115

A: 지난달에 이사했어?

B: Yes, I moved to an apartment right around here.

116

A: 가장 가까운 버스정류장이 어디예요?

B: It's right over there, next to the bank.

B:

역할이 되어 우리말을 영어로 바꿔 말해보세요.

113

A: Excuse me. How can I get to the City Hall?

B: 여기서 오렌지색 라인을 타고 시청역에서 내리세요.

114

A: I'd like two tickets for the 10 o'clock to Busan, please.

B: 네. 50달러입니다.

115

A: Did you move last month?

B: 응, 바로 이 근처 아파트로 이사왔어.

116

A: Where is the nearest bus stop?

B: 바로 저기, 은행 바로 옆이에요.

117

A: How close are you to the subway station?

B: It's a five minute walk from my office.

A: 너희 회사에서 지하철역까지 얼마나 가까워?

B: 우리 사무실에서 걸어서 5분 거리야.

a five minute walk from
~에서 걸어서 5분 거리

118

A: What's she like?

B: She's super smart and pretty attractive.

A: 어떤 여자야?

B: 그녀는 무지하게 똑똑하고 꽤 매력적이야.

attractive 매력적인

119

A: What kind of food are you in the mood
for?

B: Pizza! Hawaiian pizza with pineapple
and bacon on it.

A: 어떤 종류의 음식이 먹고 싶니?

B: 피자요! 파인애플과 베이컨이 있는 하와이안 피자요.

in the mood for
~할 기분이 나서

A:

역할이 되어 우리말을 영어로 바꿔 말해보세요.

117

A: 너희 회사에서 지하철역까지 얼마나 가까워?

B: It's a five minute walk from my office.

118

A: 어떤 여자야?

B: She's super smart and pretty attractive.

119

A: 어떤 종류의 음식이 먹고 싶니?

B: Pizza! Hawaiian pizza with pineapple and bacon on it.

B:

역할이 되어 우리말을 영어로 바꿔 말해보세요.

117

A: How close are you to the subway station?

B: 우리 사무실에서 걸어서 5분 거리야.

118

A: What's she like?

B: 그녀는 무지하게 똑똑하고 꽤 매력적이야.

119

A: What kind of food are you in the mood for?

B: 피자요! 파인애플과 베이컨이 있는 하와이안 피자요.